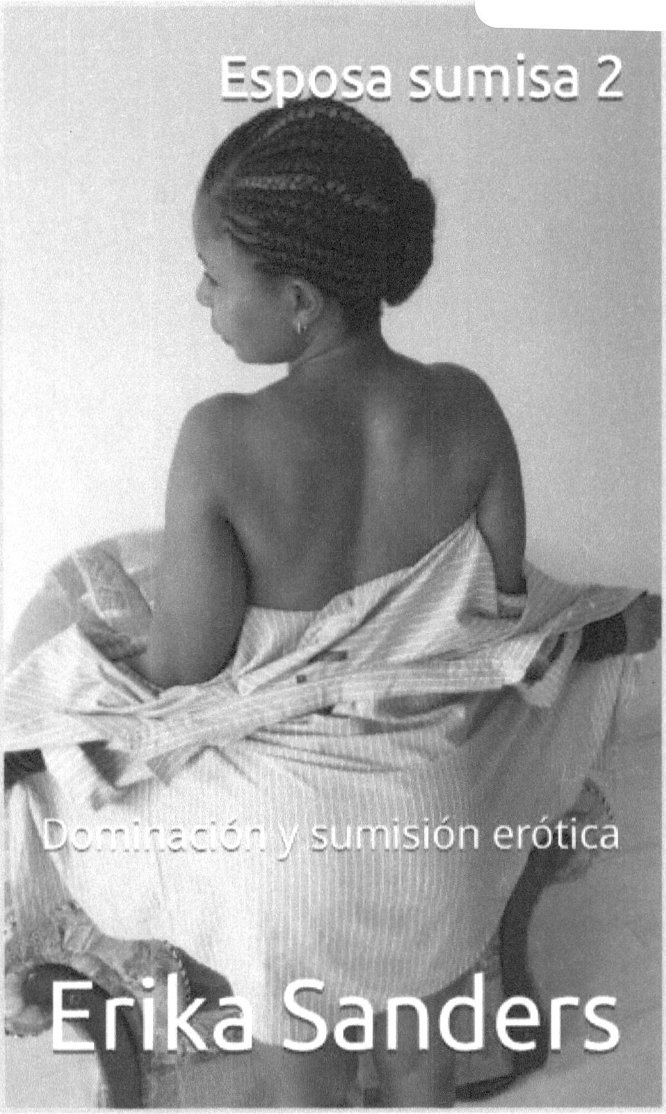

# Esposa sumisa 2

## Dominación y sumisión erótica

# Erika Sanders

Esposa Sumisa 2
Erika Sanders


Dominación y sumisión erótica Vol. 16

# Sinopsis

Una esposa y madre blanca finalmente decide satisfacer su fantasía más profunda, antigua y perversa con una chica negra...

**Esposa sumisa 2** es una historia con fuerte contenido erótico BDSM y, a su vez, también perteneciente a la colección Dominación Erótica, una serie de novelas con alto contenido romántico y erótico BDSM.

(Todos los personajes tienen 18 años o más)

# Nota sobre la autora:

Erika Sanders es una escritora de renombre internacional, traducida a más de veinte idiomas, que firma sus escritos más eróticos, alejados de su prosa habitual, con su apellido de soltera.

# Índice:

# ESPOSA SUMISA 2
# ERIKA SANDERS

# CAPÍTULO I

Cuidadosamente acuesto a mis hijos en la cama, les pongo las mantas sobre los hombros y les doy un beso de buenas noches en la frente. Dios, se ven como ángeles acostados durmiendo. Me paro sobre ellos por un momento, observo sus rostros pacíficos y empiezo a envidiarlos. Sus vidas son tan simples en este punto, no como la mía. Oh, los envidio.

Apagando la lámpara, cierro lentamente la puerta detrás de mí, con cuidado de no hacer ruido. Avanzando por el pasillo llego a mi dormitorio, donde mi maravilloso esposo yace profundamente dormido. Suspiro contenta ante la vista, tan contenta de tener un hombre como él. Realmente soy afortunada de tener la familia que tengo. Tener una casa como esta, un auto maravilloso y un buen trabajo. Sin embargo... Siempre ha faltado algo. Algo que he anhelado en secreto durante mucho, mucho tiempo. Algo que ya no puedo continuar sin probar al menos una vez.

Con el más culpable de los sentimientos tomo mi bolso de la mesita de noche y cierro con cuidado la puerta del dormitorio. Hago el menor ruido posible mientras me muevo hacia el frente de la casa. Se necesita mucho coraje para girar esa perilla, pero lo hago.

Durante veinte minutos conduzco por la ciudad. Aunque sé a dónde voy, todavía me siento perdido. Este es un gran paso que estoy dando. Hasta ahora todo había estado en mi mente. Mis sueños, mis fantasías. Todo escondido de forma segura en la parte posterior de mi cerebro retorcido desde la escuela secundaria. Cuando 'Ella' lo metió por primera vez allí.

Estaba dejando atrás a mi familia, aunque solo fuera brevemente, para finalmente realizar los deseos de ese día hace tanto tiempo.

Doblando la esquina las veo instantáneamente. Mujeres jóvenes apenas vestidas de la noche caminando arriba y abajo de la calle. Blancas, asiáticas, negras o hispanas. Todas compitiendo por la atención de varios autos oscuros que pasan por sus costados. Permanezco en la esquina, mi auto está parado mientras miro a las mujeres, buscando a la que estoy aquí para ver.

"Última oportunidad", me susurro a mí misma. Todavía no tenía que hacer esto. Por mucho que mi coño me suplicara que empujara el auto hacia adelante, mi cerebro me suplicaba que girara el volante. Volver con mis hijos, mi esposo, mi hogar. Para ser una mujer normal que no necesitaba representar sus fantasías de empaparse las bragas.

De hecho, podría haber escuchado a mi cerebro si no la hubiera visto un momento después. La tez oscura de la chica que había venido a ver era inconfundible. La chica a la que había estado viendo caminar arriba y abajo por estas calles durante casi un mes. La chica negra que había elegido para abusar de mi cuerpo esta noche como nunca lo hizo la chica negra en la escuela secundaria.

Silenciando mi cerebro, mi pie presiona el acelerador. Al doblar la esquina muevo el auto más y más cerca. Pude ver claramente que vestía su típico atuendo de calle. Microfalda abrazando su trasero, top ajustado de color rosa que revela cada curva y bulto de sus senos y, por supuesto, esos brillantes tacones rojos.

Estoy casi encima de ella cuando finalmente se gira hacia mí y se da cuenta de que el todoterreno verde rueda a su lado. Presionando a fondo los frenos, el auto se detiene justo cuando ella toca la ventana del pasajero. Con un último respiro profundo bajo la ventanilla.

Puedo ver la mirada de sorpresa cuando ve quién es el conductor, claramente no esperando a una mujer. Se toma un momento para mirar hacia el asiento trasero para ver si hay alguien más, luego me mira.

"¿Busca pasar un buen rato esta noche, señora?"

Asiento tímidamente con la cabeza, demasiado nerviosa para saber qué más hacer.

Casualmente abre la puerta sin llave y entra. Estoy sorprendida de haber llegado tan lejos, teniendo una prostituta dentro de mi auto. La única pregunta que queda por saber es si realmente haría lo que le pido una vez que se lo diga. Si puede mirar más allá de la extraña naturaleza de mi pedido y satisfacer lo que anhelo de ella.

"¿Aquí o en algún otro lugar?"

La miro tontamente, mentalmente demasiado alterada para reaccionar a su pregunta.

"¿Quieres ponerte loca en el auto o en algún otro lugar?"

"Algún otro lugar mejor." susurro, recuperando ligeramente mis sentidos.

"Ok, pero tú también pagas por la habitación".

Asiento con la cabeza y le permito que me dirija un par de manzanas hasta que llegamos a un complejo de moteles de aspecto modesto. Todo el tiempo que estoy conduciendo puedo verla mirándome por el rabillo del ojo. Puedo decir que está tratando de descifrarme y descubrir a qué juego podría estar jugando. ¿Por qué esta mujer blanca de aspecto normal en un todoterreno solicitaría los servicios de una chica como ella?

Mientras ella esperaba afuera, fui al vestíbulo para conseguir una habitación. El tipo debe haber visto lo nervioso que estaba cuando mi mano temblorosa firmó para la habitación y le quitó la llave. Afortunadamente no se molestó en preguntarme por mis problemas.

# CAPÍTULO II

La habitación #05 era la que me habían dado. La chica estaba esperando justo a mi lado mientras buscaba a tientas para abrir la puerta. A estas alturas ya había perdido su anterior curiosidad por mí y esperaba con impaciencia que terminara con todo. Por un breve momento considero dar marcha atrás, cuestionando la locura de mis acciones. ¿Qué estaba haciendo aquí? ¿Realmente necesitaba a esta mujer negra para satisfacer mi fantasía más profunda, más antigua y más perversa? ¿Ya no era suficiente la masturbación?

Antes de empujar la puerta para abrirla, miro hacia atrás por última vez y veo su bonito rostro negro. No, la masturbación ya no me serviría más.

Estaba muy nervioso mientras ella se sentaba en la cama en silencio, estudiándome, tratando de averiguar si era legítimo o estaba tan loca como sonaba. No podía dejar de moverme mientras ella me miraba desde la esquina de la cama, haciéndome sentir como una tonta. ¿Quién pregunta esas cosas? Esto estuvo mal.

"¿Quieres que haga qué?"

Sabía que ella no lo entendería de inmediato. Es tan complicado, pero tan infantil.

"Yo.... quiero que... (Tomé otro trago de agua)... ¡Me domines!"

De nuevo me miró fijamente, probablemente tratando de formarse una imagen de mi absurdo en su mente. No se estaba formando lo suficientemente rápido.

"Bueno, ¿cómo?"

Dios, esperaba que no hiciera demasiadas preguntas. Solo le pago y ella me dominaría. ¿Qué es tan difícil de entender?

"Quiero que me trates... como... (contuve la respiración)... ¡sucia!"

Una sonrisa se dibujó en su hermoso rostro joven. Una sonrisa que me decía que le gustaba lo que estaba escuchando, aunque fuera tan extraño. Entonces la sonrisa se convirtió en una de mayor curiosidad.

"Por qué"

"Oh, por favor, ¿debemos discutir esto? Estoy dispuesto a pagar..."

"Señora, no todos los días una mujer blanca de aspecto elegante con un todoterreno me pide que la trate como basura. ¿Cuál es el truco?"

¿Truco? ¿Esta chica quiere saber si hay trampa? ¿No puede simplemente decir que sí? ¿No puede simplemente acceder a castigarme como debería haberlo hecho esa perra negra en la escuela secundaria?

"¡O me dices por qué estás realmente aquí, o me largo de aquí!"

Dicho esto, se puso de pie y se dirigió a la puerta.

"¡ESPERE!" Lloré tras ella. No estuve tan cerca solo para que me lo negaran. "Por favor, no te vayas".

Se dio la vuelta y me miró directamente.

"Yo... tengo esta... fantasía..."

"¿Sí?....."

"Se trata de una chica que conocí en la escuela secundaria. Una chica negra".

"¡Sigue!" Levantó una ceja con curiosidad animada mientras yo bajaba la mirada al suelo con vergüenza.

"Bueno, ella y yo... bueno... nunca nos llevamos bien. Verás, ella era una de las pocas chicas negras en la escuela en ese momento y bueno, mis amigas y yo nos burlábamos de ella sin cesar".

"Eso no suena muy amable de tu parte." Ahora parecía un poco perturbada.

"Sí, bueno... eso es lo que las chicas jóvenes les hacen a otras que no 'encajan' exactamente".

"No tienes que decírmelo señora. He crecido escuchando la mierda que las mujeres blancas dicen a nuestras espaldas".

Un hormigueo me recorrió la columna ante esas palabras. Me estaba preocupando un poco que pudiera ofenderla. Sin embargo, la mirada en sus ojos me dijo que era mejor que continuara explicándome.

"Yo... creo que pude haber sido lo peor para ella. Siempre fui una de las primeras chicas en empezar algo, burlándome de su cabello, su ropa, su cara, su pasado..."

"¿Y ella simplemente lo aceptó? ¿Nunca trató de vengarse de ti?" Definitivamente podía sentir la ira en su voz.

"No, nunca. Hasta que un día paso eso".

La joven prostituta regresó lentamente a la cama donde se sentó en el borde, ahora aparentemente lista para escuchar la verdadera razón por la que ambas estábamos aquí. Ella me miró con renovado interés.

"Sucedió un día en que fui particularmente desagradable con ella. Mis amigas y yo simplemente no podíamos dejarla sola en una de nuestras clases y me di cuenta de que se sentía miserable y enojada con nosotras por hacerlo. Sin embargo, tan ingenua era que no pensé en lo enfadada que la estábamos haciendo. Debería haberlo visto venir, pero simplemente no estaba preparada para lo que había planeado después de la escuela".

Me di cuenta de que ahora estaba muy interesada en mi historia.

"Por lo general, mis dos mejores amigas y yo íbamos a casa a través de los campos en la parte trasera de la escuela. No vivíamos muy lejos de allí y por lo general era una caminata bastante rápida. Supongo que ella sabía que volveríamos a pasar por allí ese día."

"¿Y? ¿Finalmente te enseñó una lección a ti, perra?"

Otro escalofrío recorrió mi cuerpo. Sabía cuál era la respuesta a su pregunta. He pensado en ello durante toda mi vida adulta.

"¡No, no lo hizo!"

La puta se quedó sentada mirándome, esperando más explicaciones.

"Más tarde ese día, cuando doblamos la esquina de la escuela, ella nos sorprendió a las tres por detrás. Todo lo que escuché fue que gritaban mi nombre, y cuando terminé de darme la vuelta, una mano negra me había golpeado DURO en la frente. Vi miradas fijas mientras me tambaleaba hacia atrás. Lo siguiente que supe fue que estaba siendo empujado con fuerza contra una pared, su rostro estaba a centímetros del mío. Mis dos amigas estaban encogidas de rodillas, con las mejillas rojas también".

Una sonrisa desafiante recorrió de oreja a oreja a la prostituta negra, obviamente aprobando las acciones realizadas hasta el momento por la heroína negra de mi historia.

"Traté de luchar contra ella, de apartarla de mí. Pero después de varias bofetadas más, tenía lágrimas en los ojos y estaba totalmente impotente. Cuando sentí sus dedos alrededor de mi cuello, mi atención fue completamente suya".

"¿Qué más hizo ella?"

"No mucho más físicamente. Ella simplemente sostuvo mi cuello con fuerza en su mano mientras me regañaba. Maldiciendo a mis amigas y a mí, llamándonos nombres horribles".

"Dime cómo las llamó, chica".

"Ella... nos llamó... ¡Estúpidas Racistas Blancas!

La puta asintió con aprobación. Solo sabía que mis carrillos estaban rojos de vergüenza.

"Para cuando terminó de gritar, se había asegurado completamente de que NUNCA volvería a molestarla. Soltando mi cuello de su agarre, caí de rodillas donde me escupió antes de pasar a mis amigas.

"¿Y?"

"Y nunca la volví a molestar".

Pude ver la mirada de decepción en sus ojos. Ella, como yo, claramente esperaba que hubiera más en la historia.

"Así que dígame señora. ¿Por qué estamos las dos en esta habitación de motel esta noche?"

"Porque... bueno... cuando caí de rodillas, yo... quiero decir... estaba... ¡mojada!" Ella solo continuó mirándome, sin un cambio en su expresión. "¡Y... mis pezones estaban... duros!" Todavía no ha cambiado la mirada en su rostro. "Desde entonces, todo lo que he pensado es en ese día.

Sus dedos alrededor de mi cuello con su cara a centímetros de la mía, su voz golpeando en mis oídos, mis amigas llorando en el suelo. Dios, parecía tan poderosa, tan dominante". sobre mí. Me sentía tan débil, tan patética, tan... impotente ante ella. Desde entonces soñé, no... me masturbé pensando en qué pasaría si me hubiera dado una lección por ser una... 'estúpida racista blanca cabrona'? ¿Y si ella me hubiera castigado como he fantaseado todos estos años? ¿Y si...? Es por eso que estoy aquí contigo esta noche.

La miré suplicante, sin aliento por el torrente de palabras emocionales que acababa de pronunciar. Sin embargo, su rostro permaneció todo el tiempo sin cambios, inmóvil.

# CAPÍTULO III

Por un minuto ambas nos miramos fijamente. Me estaba poniendo muy nerviosa. Seguramente ella debe pensar que estoy loca. Seguramente debe darse cuenta de la naturaleza perversa de mi petición. ¿Qué mujer querría que otro abusara de ella, negra o blanca, con dinero o gratis?

Finalmente, una sonrisa apareció en su hermoso rostro.

"Quítate la blusa".

Contuve la respiración por un momento. ¿Solo quería que me la quitara? ¿Significaba esto que ella realmente estaba de acuerdo en hacerlo?

La mirada severa en su rostro instintivamente llevó mis manos a mis botones. Todo el tiempo que estuve desabrochando todo lo que pude hacer fue mirarla, tratando de obtener una pista de lo que estaba pensando. Mi blusa se cayó y aterrizó junto a mis pies en el suelo. Sus ojos inmediatamente se centraron en mi pecho cubierto por sostén.

"Quítalo".

Con un suspiro eléctrico me estiré hacia atrás y me desabroché el sostén por detrás, tirando de él hacia adelante y dejando que mis senos blancos y pálidos cayeran libres. Instantáneamente, una sonrisa astuta apareció en su rostro mientras miraba el tamaño de mis tetas. Por primera vez desde la escuela secundaria, me sentía impotente ante una mujer negra.

Dejé que el sostén se me cayera de las manos.

Sin apartar los ojos de mi pecho, se levantó de la cama y lentamente se movió hacia donde yo estaba parada. Ahora estaba claramente temblando ante ella.

Un gemido escapó de mis labios cuando sus cálidas y suaves manos tomaron ambos orbes carnosos. Admito libremente lo agradable que se sentía ser acariciada de esta forma tan delicada. Cerrando los ojos me quedé allí pasivamente mientras la dejaba jugar con ellos, sintiendo sus dedos vagar, antes de encontrar el camino hacia el centro de cada pecho, hacia los pezones duros como rocas que sabía que pedían atención. Dios mío, necesitaba esto. Incluso sin las fantasías, lo necesitaba tanto.

"Cuatrocientos DOLARES." Abrí los ojos y la miré.

Casi me había olvidado de esta parte, la negociación. Mientras sus dedos se apretaban alrededor de cada pezón, apenas estaba en posición de estar en desacuerdo con su precio. Aturdida, asentí con la cabeza.

"Estás loca, ¿lo sabías?"

Nuevamente asentí aturdido con la cabeza. seguramente lo estaba.

Soltando mis pezones, caminó hacia el borde de la cama y volvió a sentarse en ella.

"¡Primero pagas! No quiero que después te quejes de que fui demasiado dura contigo".

Rápidamente me dirigí a mi bolso al otro lado de la habitación. Quería que esto comenzara lo antes posible. Mientras me movía mis pechos se movían bastante cómicamente, estoy segura. Me agaché, recogí mi bolso de la silla y lo abrí, sacando cuatro billetes de cien dólares. Caminando de regreso hacia ella, los tomó de mi mano.

"Saben que nunca las entenderé, mujeres blancas", dijo burlonamente mientras sostenía los billetes a contraluz, comprobando si eran reales. "siempre actuando como si fueras la parte superior del acervo genético", colocó los billetes en su parte superior, entre su escote oscuro. "solo para aparecer aquí rogando por conseguir..."

Hizo una pausa a mitad de la oración, notando por primera vez el temblor de mi cuerpo. Podía ver lo nerviosa que estaba realmente.

"¿Seguro que quieres hacer esto?" preguntó, por primera vez con un toque de compasión. Asentí suplicante con la cabeza, mirándola directamente a los ojos. Necesitaba esto más de lo que ella sabía.

Con un suspiro de indiferencia me dijo que pusiera las manos detrás de la cabeza. Mi estómago en realidad se retorcía con mis intentos fallidos de respirar normalmente. Finalmente estaba sucediendo realmente. Todas mis fantasías, todos mis sueños, finalmente iba a vivirlos.

Con mis manos entrelazadas sobre mi cuello, mis senos levantados hacia ella.

"¡Pídemelo!"

Parpadeo varias veces hacia ella. ¿Pedirlo? Pero... pero yo le estaba pagando?

"Por favor, no me obligues". Gemí, dándome cuenta de cuánto más vergonzoso sería hacerlo.

"¡Sin rogar, no hay nada!"

Volví a mirarla a la cara, con una pequeña lágrima acumulándose en mi ojo derecho.

"Por favor... Ama, ¿podría... usted..."

"¿Ama? HAH, nadie me ha llamado así antes. Me gusta, ¡dilo de nuevo!"

"Por favor, Ama, ¿podría amablemente ... castigarme?" Miré hacia abajo a mi pecho a los dos orbes blancos que se balanceaban. Los mismos dos orbes que a mi marido le encanta acariciar y manosear. Los mismos pechos de los que siempre he estado orgullosa. Las mismas dos tetas que ahora estaba ofreciendo a las manos de una prostituta negra veinteañera.

"¿Castigar qué señora? ¿Qué de lo suyo le gustaría que yo le castigara?"

Ya no había ninguna razón para ocultar pretensiones. Le estaba pagando para que abusara de mi cuerpo y era hora de decirle que hiciera exactamente eso.

"¡Ama, en las TETAS! ¡Por favor, castíguelas!"

Escuché una risita escapar de sus labios.

"Pero son cosas tan blancas y bonitas. ¿Por qué querrías ponerlas todas rojas y adoloridas?"

"¡Por favor, sólo hazles daño!" No podía creer que en realidad estaba rogando tanto por ello. ¿No tenía ella cuatrocientos dólares en la parte superior por sus molestias?

"¡No hasta que la linda dama blanca me diga por qué quiere que una puta negra golpee sus lindas tetitas!"

"Porque porque..."

"¿Porque?"

"¡PORQUE SOY UNA ESTÚPIDA PUTA RACISTA BLANCA!"

(¡BOFETADA!)

Las palabras simplemente salieron de mi boca mágicamente. Ni siquiera pensé que tenía las agallas para decirlas. Sin embargo, en el momento en que lo hice, un grito ahogado escapó rápidamente de mis labios cuando ella golpeó mi seno izquierdo con la palma abierta, totalmente desprevenida para el dolor punzante que invadía mi cerebro. Hizo una pausa, permitiendo que mis senos terminaran de sacudirse sobre mi pecho. Siempre supe que los senos eran sensibles, pero....

(BOFETADA)

Esta vez, mi seno derecho se movió mientras me mordía el labio inferior.

"¡Por favor más!" grazné.

(BOFETADA)....( BOFETADA)

El seno izquierdo, luego el derecho se balancearon cuando ella asestó dos golpes igualmente contundentes. Instintivamente dejé caer mis manos sobre mis tetas temblorosas, llevándolas a mi pecho. Traté de quitarles el dolor, pero aún me escocían dolorosamente. Mi torturadora paga se sentó pacientemente hasta que volví a colocar mis manos detrás de mi cabeza, ofreciendo mis tetas enrojecidas por más de su castigo.

"¿Es esto lo que se supone que les sucede a las perras blancas racistas cuando se cruzan con mujeres negras? ¿Se supone que sus grandes tetas blancas deben ser abofeteadas para enseñarles una lección?"

Aturdida asentí con la cabeza.

(golpe)(golpe)(golpe)(golpe)

Gemí dolorosamente cuando mis rodillas se debilitaron. Lucho por permanecer de pie con las manos detrás de mí. El dolor era irreal, ¡pero vaya si alguna vez me sentí tan viva!

(golpe)(golpe)(golpe)(golpe)(golpe)

Las lágrimas corrían por mis mejillas mientras mis tetas volaban en todas direcciones al compás de sus manos. El peso en mi pecho cambiaba constantemente por el fuerte abuso. Logré cerrar los ojos e imaginarme una vez más en ese campo. Mis amigos en el césped en estado de shock y lágrimas, mirando a la odiada perra negra agarrando mi cuello contra la pared, sus manos pasando por mi pecho expuesto, enseñándome la lección que nunca aprendí.

"¿Es esto lo que querías? (SLAP) ¿Es esto lo que querías que te diera esa chica negra rebelde? (WHACK) ¿Humillarte frente a tus amigas golpeando tus tetas blancas y esponjosas hasta que lloraste por más?"

"¡¡¡SÍ SEÑORA!!!"

(golpe)(golpe)(golpe)(golpe)

Simplemente no podía soportar más. El dolor abrumador finalmente se apoderó de mí y con un último grito de desesperación dejé caer mis manos sobre mis pechos rojos y doloridos y me encorvé, cayendo de rodillas en un torrente de lágrimas.

Debo haber estado en el suelo durante unos buenos minutos, llorando y frotándome los senos para aliviarme. Todo el tiempo ella simplemente se sentó en el borde de la cama, inspeccionando sus uñas en busca de daños. Después de un par de minutos más, me sorprendió sentir su mano debajo de mi barbilla, levantándola para mirarla nuevamente a los ojos. Nos miramos la una a la otro por un momento, mi llanto se redujo a lloriqueos irregulares cuando ella finalmente habló.

"Te mereces esto, ¿no?"

Asentí con la cabeza que sí.

"¡Estúpida perra blanca!"

Asentí de nuevo.

Sin soltar mi barbilla, se inclinó hacia delante y me besó apasionadamente en los labios. Cerré los ojos y dejé que su lengua fluyera hacia la mía, disfrutando de la exploración de mi boca. Mis brazos pronto caen sin fuerzas a mis costados, exponiendo de nuevo mis pechos todavía doloridos.

Después de unos veinte segundos, echó la cara hacia atrás y volvió a mirarme a los ojos.

"¿Ya aprendió la lección la estúpida zorra racista?"

Negué con la cabeza... no.

Otra sonrisa cruel apareció en su rostro.

# CAPÍTULO IV

"¡Sobre mis rodillas!"

Lentamente me levanté del suelo e intenté subirme a su regazo, pero rápidamente me detuvo. Cuando señaló mi falda, supe lo que quería primero. Con solo un momento de vacilación, comencé a deslizar mi vestido hasta mis zapatos, permitiendo que mis bragas me siguieran rápidamente. Mis zapatos y calcetines también se desprendieron, de modo que solo quedó mi anillo de bodas en mi cuerpo. Lo dejé mientras me acostaba con cuidado sobre sus hermosas piernas negras. Me deleitaba con la sensación de mi vientre deslizándose sobre ellos hasta que mi trasero estuvo justo debajo de ella. Mis pechos presionaban incómodamente contra las sábanas mientras esperaba su próximo deseo punitivo.

Pero tendría que esperar. Mientras me preparaba para su mano que golpeaba con fuerza, en su lugar vino a descansar suavemente sobre mis mejillas. Con una delicadeza que solo una mujer puede conocer, comenzó a acariciar mi trasero carnoso. Cerré los ojos y disfruté de la suave necesidad y el deslizamiento de sus dedos, de vez en cuando sintiendo el cosquilleo de sus uñas sobre ellos.

"Dime, niña, cuando la dama blanca estaba siendo mala con esa pobre niña negra de la escuela, ¿se estaba excitando en secreto?"

No respondí, sin saber exactamente de dónde venía esto.

"Respóndeme, niña. ¿Te excitabas cada vez que tú y tus perras blancas snob se burlaban de ella?"

"Sí... sí..."

(BOFETADA) Me quedé sin aliento por la sorpresa de todo. Su mano se había levantado rápida y silenciosamente de mi trasero y volvió a caer con fuerza. No tenía idea de cómo lo sabía. ¿Cómo podía saber que me excitaba burlarme de esa negra en ese entonces?

"Sabía que eras una zorra. Sabía que ese coño blanco tuyo no podía evitar derramarse con potencia después de humillar a una chica negra. ¡Todas las mujeres blancas son iguales, poniéndose calientes pensando que son mejores que nosotras!" (¡BOFETADA!)

"OWWW.... Ama, lo siento..."

(SLAP) "¡Cállate, cerda! No es tu culpa, está en tu sangre. No pueden evitar ser perras racistas. Pero esa es la misma razón por la que te pusiste aún más cachonda cuando ella se defendió, ¿no?" (BOFETADA)

Gemí dolorosamente en la cama. Mi falta de respuesta fue evidencia suficiente para su pregunta. Todo era cierto. Yo era una linda chica blanca y ella había sido una chica negra de clase baja. Se suponía que yo era mejor que ella. Me criaron PARA ser mejor. Sin embargo, con mi cuello indefenso atrapado en su mano, mis ropas impotentes en el suelo, estaba a su merced. Esta chica negra podría haberse salido con la suya y ese poder me llevó a la sumisión.

(BOFETADA)

"Te excitó que cambiaran las tornas. Se pusieron duros esos pequeños bultos, ¿no? ¿Se puso ese coñito rosado todo húmedo y mojado al ser mostrado para una chica negra? ¿Cierto Perra?"

"¡¡¡SÍ SEÑORA!!!!"

(GOLPEA)(GOLPEA)(GOLPEA)

"Pero la pobre y patética dama blanca quería más, ¿no? (SLAP) Ella quería ser humillada (SLAP) y abusada (SLAP) y convertida en la perra de una niña negra (SLAP) ¿No es así?"

"¡Sí, señora, POR FAVOR! ¡Por favor, hazme tu perra! Abusa de mí, humíllame. Me lo merezco tanto. ¡Por favor!"

(GOLPE)(GOLPE)(GOLPE)(GOLPE).....

Perdí la cuenta del número de palmadas en mi culo una vez blanco. Todo lo que sabía era que estaba reviviendo completamente la experiencia de mi mente. Estaba totalmente atrás en el tiempo, atrás en la escuela secundaria, atrás en los campos. Me estaban desnudando por completo frente a mis amigos, imaginando que la chica negra me golpeaba el trasero una y otra vez de la forma en que había soñado durante años. No me importaba que mi trasero estuviera en llamas, o que probablemente me arrepienta de lo que estaba permitiendo. No me importaba que fuera una prostituta negra apenas legal dándome mi dolor o mi castigo. ¡NO ME IMPORTABA!

No tenía idea de cuándo dejó de azotarme el trasero. Debo haber estado pateando y llorando en su regazo durante algún tiempo antes de volver a mis sentidos. Ella había vuelto a acariciar mis mejillas otra vez. A pesar de ser tan suave y gentil como lo había sido antes, mi piel erizada hormigueaba de dolor con cada movimiento de sus dedos, y me estremecía constantemente.

Entonces mis ojos se abrieron como platos cuando sus dedos se deslizaron de mis mejillas a entre mis muslos. Animándome a ensanchar mis rodillas, pronto estaba presionando contra los labios de mi coño y, por primera vez, pude sentir el aire fresco sobre su humedad.

"Este abuso realmente te excita, ¿no es así, zorra?"

Escondí mi cara en las sábanas avergonzada.

"¡Arriba!"

# CAPÍTULO V

Rápidamente me escurrí de sus rodillas, intoxicado por la poderosa orden en su voz. En un segundo estaba de pie frente a ella, con las tetas rojas y el culo dolorido.

"¡Abre tus piernas!"

Hice lo que me dijeron. Hizo una pausa por un momento, esperando que yo lo hiciera.

"¡Abre tus labios para mí!"

Mis dedos temblaban cuando me agaché y extendí mi sexo aceitoso para mi Ama negra.

Se inclinó hacia adelante y me examinó por un momento, mirando el rosa que se mostraba para ella. Sus ojos se fijaron en mi clítoris, orgullosos de que ella lo viera mientras levantaba su mano derecha hacia él.

Me estremecí cuando dos dedos se deslizaron a lo largo de mis labios húmedos antes de descansar sobre mi capullo caliente. Cuando comenzó a frotar mi sensible órgano sexual, cerré los ojos y me permití disfrutar de las nuevas y maravillosas sensaciones que me estaba dando. Después de un momento, sus dedos fueron reemplazados por un pulgar, los dos dedos ahora entrando en mi muy cálida vagina. Antes de darme cuenta, sus dedos me estaban follando allí mismo, en medio de la habitación. Volví a abrir los ojos y observé con asombro cómo sus dedos entraban y salían de mi coño mientras su pulgar jugueteaba salvajemente con mi clítoris.

Lucho por permanecer de pie mientras ella se movía más y más rápido, mis rodillas se debilitaban mientras el sudor se acumulaba en mi frente. Mis dedos trataban desesperadamente de mantener mis labios separados mientras los de ella se metían más y más rápido en mí. Luego, en el peor momento posible, de repente se detuvieron. Una ola de frustración me invadió cuando mis ojos volaron hacia los de ella en busca de una explicación de por qué mi Ama había detenido mi placer. Sus dedos todavía estaban dentro de mí, pero ya no se movían.

"¡A la mierda Princesa!"

Por un momento no me moví, sin darme cuenta de lo que estaba tratando de decirme que hiciera.

"¡Mueve ese culo blanco! ¡Fóllame los dedos como la perra tonta que eres!"

Doblé las rodillas y empujé sus dedos más profundamente dentro de mí, luego rápidamente me enderecé. En unos segundos más estaba follando mi pus en sus dedos con todas mis fuerzas, llorando con renovado placer.

Nuevamente cierro los ojos y me permito imaginar estar en la parte de atrás de la escuela. Mis dos amigos ahora me miran con asombro y disgusto mientras me apoyo pasivamente contra la pared mientras una mano negra se desliza por la parte superior de mi falda. La mirada de placer inundó mi rostro cuando se atrevió a encontrar mi sexo húmedo y sumiso escondido de forma segura dentro de mis bragas. La mirada de revolución absoluta en los rostros de mi amigo cuando comencé a joder desesperadamente.

"Señora, realmente es patética, ¿lo sabía?"

Mis ojos se abren de nuevo ante sus palabras, la ilusión en mi mente se desvanece mientras la miro con hambre a los ojos. Atrás quedaron las imágenes de la escuela y los amigos. ¡Volvía a ser una esposa de mediana edad, follando los dedos resbaladizos de una prostituta negra por cuatrocientos dólares!

Gemí mientras follaba aún más rápido, empujando rápidamente mis caderas a lo largo de sus dedos oscuros como el tonto absoluto que era. Incluso cuando la uña de su pulgar comenzó a arañar atormentadoramente mi clítoris, no me atreví a parar. Todo lo que podía hacer era gemir y moverme más y más cerca de la liberación desesperada.

En otro momento había abandonado por completo mis intentos de mantener separados mis labios aceitosos. Constantemente se me escapaban de las manos. En cambio, vergonzosamente llevé una mano mojada a mi boca y chupé mis dedos mientras la otra jugaba con mis tetas aún enrojecidas. Mis piernas se sentían como si estuvieran en llamas mientras los músculos en ellas trabajaban hasta el punto de colapsar, empujando mis caderas hacia sus dedos.

"¿Es esto lo que hacen las zorras blancas cuando se sueltan? ¿Se divierten follando sus coños sucios contra los dedos de las mujeres negras? ¿Es así como demuestras tu superioridad a una mujer negra, follando sus dedos y pagando por ello?"

"¡SÍ SEÑORA!"

"¿Qué vas a?"

Esta vez no hubo vacilación cuando profesé libremente mi título degradante: "¡Soy una sucia estúpida racista blanca!"

De repente, sus dedos se sacaron de mi jugoso coño para permitir la ráfaga de palmadas en el coño que siguió de inmediato. Dejé escapar un grito de dolor inhumano mientras empujaba desesperadamente mi pelvis para encontrarme con su mano golpeando. En segundos, el dolor y el placer me invadieron por completo mientras colapsaba en el suelo chillando como un cerdo, mi cuerpo temblaba y convulsionaba como una mujer loca.

Mi Ama solo observaba desde la cama los estragos que había causado en mi mente y cuerpo. Todo el tiempo fue con la sonrisa más amplia. Ni siquiera pienses en preguntarme cuánto tiempo estuve corriéndome a sus pies, solo que se sintieron como los momentos más largos de mi vida.

En algún momento logré recuperar mis sentidos y volví a arrodillarme ante ella. A pesar del dolor punzante en mis tetas, culo y vagina, toda mi cara brillaba. Nunca antes había tenido un orgasmo así, y nunca había estado tan cerca de vivir mi fantasía más profunda. A veces realmente me sentía como si estuviera de vuelta en la escuela, siendo dominado de la forma en que siempre deseé haber sido. Le sonreí a mi Ama por darme esto y ella me devolvió una cálida sonrisa, reconociéndome.

Sin embargo, su sonrisa se desvaneció cuando comenzó a extender sus brazos hacia mí. Mientras presionaba suavemente sus manos contra mis hombros, permití que me empujara hacia atrás hasta que estuve acostado boca arriba. Pasivamente me acosté allí, observándola mientras se levantaba y caminaba a mi lado, hasta que estuvo de pie junto a mi cabeza en reposo. Levantando una pierna, la colocó sobre mí y al otro lado de mi cara.

Ahora no tenía más remedio que mirar hacia arriba, más allá de sus bonitas pantorrillas, más allá de sus lindas rodillas, más allá de sus muslos firmes, arriba de su microfalda donde descansaban sus oscuros labios sin vello. Apenas podía distinguir su contorno y me di cuenta de que ni siquiera se me había ocurrido que no llevaría bragas.

Ella me miró por un breve momento, aparentemente disfrutando de la postura que ahora tenía sobre mí. Luego, sin miramientos, se levantó la falda hasta la cintura. Por primera vez en mi vida, estaba mirando el sexo muy húmedo de otra mujer. Podía verlo brillando sobre mí mientras lo miraba como si estuviera en trance. Me tomó un momento darme cuenta de que estaba bajando las caderas hacia mi cara.

Apenas tuve tiempo de pensar cuando mi cabeza pronto quedó atrapada entre sus dos fuertes muslos negros. Mis ojos se abrieron cuando mis labios se presionaron justo contra sus labios sexuales. Instantáneamente el olor a sexo llenó mis fosas nasales. El olor de innumerables clientes pasados llenando mis pulmones. Sus jugos, que todavía lograron abrirse paso a través de mis labios cerrados, tenían un ligero sabor a semilla masculina.

Gemí en su coño para que se corriera, dándome cuenta completamente de la depravación de mi nueva posición.

"Abre esos labios remilgados perra. Mete esa lengua dentro de mí". Ordenó, pero mis labios y mi lengua aún no se movían. Esto no era lo que yo había querido. No quería probar la suciedad que yacía dentro de ella. Ya no estaba pensando en mis días de escuela secundaria como una chica blanca esnob. ¡Estaba totalmente concentrado en el hecho de que me pedían que limpiara el coño usado de una puta! Esto no es por lo que le había pagado.

Estirándose hacia atrás, agarró mi pecho derecho y lo apretó cruelmente. "¡Dije que me comieras, maldita lesbiana! ¡Chúpame el coño como la maldita zorra lesbiana blanca que eres!"

Abrí la boca para gritar por el dolor que surgía de mi teta y, sin saberlo, permití que más de sus jugos contaminados fluyeran hacia mi boca, cubriendo mi lengua y mis dientes. Sin embargo, todavía no la comí, lo que provocó que extendiera su otra mano para apretar mis dos pobres senos aún más fuerte.

Con un grito ahogado, lancé mi lengua dentro de su cálido y húmedo agujero desesperado por detener el dolor. Instantáneamente apretó sus muslos con fuerza alrededor de mi cabeza y alentó mi lengua.

"Buena chica. Buena chica blanca. Limpia ese coño negro que tanto amas. Chupa todas las asperezas que hay dentro. Sé una buena sirvienta para mi coñito ".

Teniendo pocas opciones en el asunto, comencé a limpiar su coño usado. A pesar de mi repugnancia inicial, me resolví a chupar los restos de sus antiguos clientes de pago en mi boca. Me di cuenta de que estaba disfrutando cada momento de esto. No todos los días tiene una mujer blanca entre sus muslos bien follados, y esta noche probablemente estaba viviendo sus propias fantasías oscuras a mi costa, literalmente.

Toda mi atención estaba ahora centrada en su coño. Como que me perdí mientras hacía todo lo posible para satisfacerla. Olvidando finalmente lo asquerosos que estaban los líquidos que entraban en mi boca. En cambio, lamí sus pliegues y paredes como ella exigió. De vez en cuando, se estiraba hacia atrás y me golpeaba los senos para que le prestara más atención.

En el momento en que finalmente se cayó de mi cara entumecida, había tenido tres orgasmos, y mi garganta y mi vientre estaban cubiertos de cosas en las que realmente NO quiero pensar.

Ambos nos acostamos en el piso de la habitación del hotel por un tiempo, sin mover un solo músculo mientras tratábamos de recuperar nuestra energía. Sinceramente, no creo que hubiera podido hablar si hubiera querido, ya que tenía la lengua floja en la boca. Todo el tiempo sus dedos jugaron suavemente con mis pezones aún erectos mientras jadeábamos uno al lado del otro.

Supongo que debido a su juventud, ella pudo recuperar su energía más rápido que yo. Observé desde el suelo mientras finalmente se ponía de pie, recomponiéndose de la única manera en que una prostituta podría hacerlo.

Desapareciendo en el baño, supuestamente para revisar su cabello y maquillarse, pronto volvió a salir y me miró por un momento, todavía tirada en el piso de alfombra barata. Mi cara cubierta con sus jugos mixtos, mis senos rosados y elevados palpitaban en mi pecho agitado.

Volviéndose hacia el sofá, vio mi bolso descansando sobre él y se dirigió hacia él. Al abrirlo, revolvió el interior por un momento. Quise decirle algo, pero no pude. Finalmente sacó su mano hacia atrás, agarrando otros doscientos dólares.

"Creo que una propina está en orden, ¿no es así, señorita?"

No dije nada, solo observé cómo se metía los billetes en el escote como antes.

Pasamos unas cuantas horas más juntos esa noche. Una parte la pasó lamiendo y chupando los dedos de sus pies mientras descansaba en la cama, recuperando su fuerza. También disfrutó de darme otra paliza en el trasero antes de ordenarme que me follara el clítoris contra los dedos de sus pies hasta el orgasmo. Al principio me sentí como una completa idiota por hacerlo, pero después de un rato los estaba follando como una completa zorra. Por supuesto, tuve que volver a lamer cada dedo del pie después de hacerlo.

A pesar de ser totalmente degradado y utilizado por una prostituta, nunca me había sentido tan contenta y tan viva como esa noche. No todos los días uno puede vivir una fantasía infantil de esa manera y esta chica sabía exactamente lo que yo quería, de alguna manera.

Finalmente me dirigí a la ducha para lavarme. Cuando volví a salir, ella esperó pacientemente a que me vistiera, disfrutando la mueca de mi rostro cada vez que los paños tocaban una parte dolorida de mi cuerpo. Veinte minutos más tarde estábamos de vuelta afuera y en mi SUV, dirigiéndonos hacia la esquina de su calle familiar. Durante todo el viaje no nos dijimos una palabra.

Cuando finalmente llegamos, salió casualmente y cerró la puerta detrás de ella. Volviéndose, me miró con esa misma sonrisa malvada, enviando escalofríos por mi columna y centrándose en mi coño. Bajé la ventana.

"Debo admitir que has sido el truco más fácil y divertido que he tenido".

No sabía si decir gracias o no.

"Al despertarme esta mañana, nunca esperé que me pagaran por abusar del cuerpo de una chica blanca. Pero te felicito, nena. Si conoces a otras perras racistas cachondas, ¡envíalas por todos los medios!".

"Um... ok..." Dudaba seriamente que alguno de mis amigos albergara mis mismas fantasías degradantes. Entonces otra vez...."

"¿Qué vas a?" Ella ordenó, todavía con la sonrisa malvada y seductora. Me sonrojé cuando varias otras prostitutas se dieron cuenta.

"Yo soy...."

"¿QUE ERES?"

Miro hacia el asiento del pasajero: "¡Soy una estúpida racista blanca!"

Varias de las otras chicas se detuvieron a medio paso, ya que sin duda escucharon mi humillante admisión. Pero no me atreví a mirar a ninguna de ellas, incluso después de escuchar algunas risitas.

"Que eres una niña, que lo eres. Nos vemos, señora".

Y así dio media vuelta y echó a andar por la calle en busca del próximo coche que deambulaba. Eso es todo lo que realmente era para ella, otro truco. Un segundo después, mi auto dobló la esquina y ella se perdió de vista. Menos de una hora después estaba de vuelta en casa. De vuelta donde nadie querría hacerme daño. De vuelta al lugar donde el amor era libre e incondicional. De vuelta donde las chicas negras nunca se atrevieron a entrar para castigarme. ¡Estaba en casa!

Quitándome la ropa, me deslicé cuidadosamente al lado de mi esposo en la cama, envolviendo mis brazos alrededor de su cuerpo dormido. Mis senos dolían cuando presionaban contra su espalda desnuda, recordándome cómo llegaron a ser así. Una sonrisa se deslizó por mi rostro y un hormigueo se formó entre mis muslos antes de caer en un sueño feliz y feliz. Un sueño lleno de nuevos sueños de estúpidas perras blancas racistas que obtienen exactamente lo que merecen de sexys zorras negras.

# FIN

41

# DESEO SEXUAL
# ERIKA SANDERS

43

Mi amor, quiero que te sientes frente a tu computadora y muestres una imagen, una pieza visual, como un coño.

No la cara y el cuerpo, solo las rodillas dobladas y las piernas abiertas.

Con unos largos y hermosos dedos elegantes que separen los labios vaginales ligeramente.

Imagina que entro y me siento sentado en este escritorio completamente vestido.

Pero como tu silla tiene brazos, coloco mis pies vestidos con zapatos de cuero negro de tacón alto, envoltura hasta el tobillo y puntas puntiagudas a cada lado de ti.

Te echás hacia atrás y sonríes y yo me recuesto sonriendo también.

Levanto mi delgado vestido negro y sedoso y ves que me faltan las bragas y el brillo de mi humedad en mi rajita ya se nota.

Verás la punta de un corsé negro al que también están unidas las medias.

Levanto mi vestido con ambas manos hacia arriba, lo paso sobre mi cabeza y te descubro el corsé de cuero de solo unos pocos centímetros de ancho.

Mis pezones están erguidos y altos mientras sobresalen por la parte superior.

Te inclinas, pero estoy yo aquí para jugar contigo y uso mis zapatos puntiagudos para mantenerte dónde estás.

Veo una polla notablemente creciente que necesita salir de sus pantalones y te pido que los desabroches.

Paso mi lengua por mis labios en toda su longitud, sonriendo, mientras deslizas hacia abajo los pantalones.

La cabeza de tu polla sobresale de tus boxers y también ésta tiene un poco de demandante brillo.

Está así por una buena razón.

Esta vista de tu polla erecta me enciende de repente y te pido que me lamas.

Te inclinas hacia adelante y lo haces, separando mis labios ligeramente para buscar mi clítoris.

Lo tomas en tu boca, por lo que sobresale un poco más.

Solo necesitaba ese toque de tu lengua para ponerme a cien.

Mientras me acomodo, te pido que tomes tu polla con tu otra mano y te la acaricies ligeramente.

Lo haces, pero puedo decirte que necesitas más, esto no es suficiente.

Te obligo a ponerme de rodillas para tomarte de lleno en mi boca, alternando en lamer de la base a la parte superior, de arriba a abajo y volviendo a las bolas, lamiendo el interior del lugar donde se encuentra la entrepierna.

Te gusta lo que ves cuando estoy arrodillada, mi culo está tan delgado como unos pocos centímetros de ancho y mi ano se muestra ajustado y acogedor.

Vuelvo a levantarme porque me estoy acercando demasiado al clímax.

Te pongo de pie y los pantalones bajan más allá de las rodillas.

Sigues con los zapatos puestos, la corbata aún atada pero la camisa desabrochada hasta abajo.

Me encanta necesitar ver tanto como pueda de tu piel.

Ahora que estás de pie te pido que me des la espaldas.

Que abras las piernas lo suficiente como para arrodillarme detrás de ti.

Mi lengua te lame tus piernas, lamiendo tus bolas y hasta la rajita de tu culo, lamiendo y girando lengua alrededor de tu ano.

Saco de mi bolsa un vibrador y le pregunto si puedo usarlo en contigo, pero antes de que contestes, te lo pongo contra la piel.

Con mi boca he ido dejando saliva en todo tu culo para que tengas lubricado todo.

Lo pongo a baja velocidad y lo paso por tus bolas y entre las bolas y tu agujero del culo.

Mi otra mano pasa por entre tus piernas y agarra tu polla, acariciándola y avivándola.

El vibrador se siente bien en tu culo.

Lo pongo al lado de tu ano y deslizo una de las dos puntas, la delgada, que es mi favorita también.

Ésta se desliza hacia adentro y pongo la otra punta más hacia el centro, detrás de tus bolas, nuevamente, viendo cómo la sensación te lleva a otro nivel.

Tus manos están agarrando el escritorio y tus ojos están cerrados cediendo a lo que yo quiera hacer.

Pero me quedo así, acariciando un poco mientras dejo que el zumbido te haga preguntarte qué pasará después.

Me detengo abruptamente y te digo que te des la vuelta.

Lo haces y tu cara está sonrojada.

Estabas disfrutando mucho esto y acercándote al estado que quieres.

Pero prefiero bajar el ritmo para llevarte de vuelta a mi boca.

Estoy tan caliente como el Infierno y estoy perdiendo un poco de control.

Así que te hago sentar de nuevo y me arrodillo frente a ti y te pido que te acaricies, pero despacio.

"Acaríciate mi amor".

Mientras me arrodillado frente a ti y me recuesto sobre mis talones.

Enciendo el vibrador y lo froto en el exterior de mi vagina, sobre el clítoris.

Esto me lleva menos de un segundo para alcanzar el orgasmo.

Tengo las piernas y las rodillas abiertas y echo la cabeza hacia atrás, extendiendo mi coño con las manos queriendo que veas los músculos de mi orgasmo moviéndose.

Sostengo el vibrador hasta que termino y mis propios jugos se derramen.

Te miro y te estás masturbando, aumentando el ritmo.

Tu ritmo se ha acelerado y es tan excitante que me arrodillo, rogándote que te corras por mi cara y mi pecho.

Y sí, ciertamente, así lo haces.

Veo como salen los chorros de tu leche hacia mí.

Pero, acabas lanzando los chorros a la pantalla de la computadora y sobre el teclado.

Nos despedimos hasta otro momento y apagas la webcam.

# FIN

# HÚMEDA BIENVENIDA
## ERIKA SANDERS

51

Glenn llega a casa después de un duro día de trabajo y deja su maletín y su abrigo junto a la puerta.

Él se encuentra que la casa está inusualmente tranquila pero no le presta demasiada atención y se dirige a la habitación.

Mientras sube las escaleras, huele el maravilloso aroma del perfume de su amada esposa Susan.

Cuando llega al rellano, oye unos débiles sonidos de música escapando levemente a través de la puerta de su habitación.

Asegurándose de no hacer ningún ruido, abre la puerta lentamente.

"¿Susan?" dice con una voz masculina bastante profunda.

A medida que la puerta se va abriendo cada vez más, la visión de su cuerpo desnudo acostado en la cama lo hace temblar.

"Si nene." ella dice en una voz sensual.

Él comienza a acercarse hacia la cama, pero ella le indica que se detenga.

Desconcertado, hace lo que le indica sabiendo que ella tiene algo en mente.

Ella se levanta de la cama.

Su cuerpo se mueve con mucha gracia.

No puede evitar estar fijo en su delicioso pecho moviéndose ligeramente mientras ella camina hacia él.

Siente que su polla se endurece cuando pasan por sus pensamientos "Ella es tan hermosa".

Ella extiende sus manos y le desabrocha el cinturón.

También los pantalones, los desabrocha y se los baja.

Esto lo hace temblar de emoción.

Como ella lo ve tan emocionado, se sonríe y tira de sus boxers hacia abajo con una necesidad hambrienta de chupar su miembro duro.

Ella coloca suavemente sus manos sobre su ahora erecta polla, acariciándola lentamente.

Luego saca la lengua y lame la cabeza antes de colocársela en su boca.

Él gime cuando ella comienza a chupar su polla dura.

Moviéndola hacia dentro y hacia fuera de su boca cada vez más rápido.

Luego vuelve lentamente a un ritmo bajo y gira su lengua alrededor de la cabeza mientras lo acaricia con la mano.

Él gime mientras su mano acaricia la cabeza rosada de su polla.

Luego lame sus bolas hasta la punta de su polla.

Ella se lo saca de su boca y se levanta para besarlo apasionadamente mientras le quita la camisa.

Él envuelve sus cálidos brazos alrededor de ella, acercándola a él, sintiendo sus senos presionados contra su pecho.

Mientras se besan, sus manos corren por su cuerpo sintiendo su piel suave bajo las puntas de sus dedos.

Sus manos se mueven sobre su trasero y lo aprieta con fuerza.

Él la levanta por el culo envolviendo sus piernas alrededor de su cintura y se mueve hacia la cama.

Él la acuesta suavemente y se mueve encima de ella.

La besa profundamente bajando hasta su cuello y pecho.

Lentamente lame alrededor de su seno derecho cada vez más cerca de su, ahora, pezón erecto.

Él coloca su pezón en su boca y lo chupa mordiéndolo suavemente.

Moviéndose hacia el otro seno, él se agacha y comienza a frotar su clítoris, lo que hace que ella aumente su respiración y comience a gemir ligeramente.

Él frota más rápido mientras besa su estómago enfocándose en su ombligo.

Ella siente que se moja mucho y su respiración se acelera.

Él besa su lindo montículo y luego reemplaza sus dedos con su lengua.

Chupando y mordiendo suavemente su clítoris.

Esto la envía a una ola de placer, gimiendo.

Luego inserta un dedo que pasa por los labios de su coño hinchado hacia ese lugar secreto y resbaladizo.

Él desliza su dedo dentro y fuera lentamente y luego se apresura insertando otro dedo más mientras ella gime.

Él continúa concentrándose en chupar su clítoris mientras sus dedos golpean preciosamente ese lugar tan especial en su interior que sabe que la vuelve absolutamente loca.

Ella gime en voz alta y siente un hormigueo desde la pierna derecha hacia arriba y alrededor de su cuerpo y que sale hacia su pierna izquierda.

"¡Oh bebe!" ella gime, "¡Eso se siente tan bien!"

Glenn sabe que, si continúa así, ella definitivamente irá al límite, por lo que se ralentiza y besa su cuerpo de regreso para devorar su boca.

Comparten un beso apasionado.

Sus lenguas bailando juntas.

Quitando sus dedos de su coño ahora empapado, comienza a masajear su seno derecho.

Sus gemidos reprimidos por los besos.

El beso se rompe y ella le susurra al oído:

"Te necesito dentro de mí, cariño".

La mención de su polla dura deslizándose en el coño mojado de su amada lo hace gruñir de lujuria y se mueve encima de ella.

Abriendo sus piernas con sus caderas, se posiciona para entrar en ella.

Jugando con ella, inserta solo la cabeza y luego se retira lentamente.

"Por favor dámelo todo." ella le suplica, pero él prevalece y sigue el ritmo del juego metiendo solo la punta y retirándola cuando ella comienza a gemir.

Finalmente, en un punto inesperado, conduce a su miembro duro hasta el final para hacerla chillar.

Él comienza a empujar dentro y fuera de ella lentamente con golpes largos y duros.

Él comienza a acariciar más fuerte y más rápido tirando de su trasero para una penetración más profunda.

"Oh, Dios, te sientes tan bien dentro de mí. Te amo tanto cuando follas mi coño".

A esto gruñe y se retira de repente.

Él le hace un gesto para que se dé vuelta y ella lo hace rápidamente con un salto de emoción.

Él sabe que entrarla por detrás es una de sus posiciones favoritas y también a él le encanta dárselo así.

Él le inserta su polla y comienza a empujar duro y rápido.

Ella gime en voz alta, diciéndole más fuerte.

Le encanta follar a su encantadora esposa, así que comienza a ser más duro con ella.

Su cuerpo y bolas golpeando contra su culo ahora rojo.

Ella comienza a empujar de vuelta a sus empujes, haciendo que su polla se introduzca aún más adentro.

Ambos gimen de placer.

"Oh, me voy a correr, nena. ¿Estás lista para mi leche?"

"Oh, sí bebé, yo también me voy a correr".

Unos cuantos golpes más y Susan grita de placer y su cuerpo comienza a temblar cuando su orgasmo la está abrumando.

Glenn siente que las paredes de su coño comienzan a ordeñar su polla y ya no puede aguantar más.

Gruñendo su nombre, él dispara su esperma caliente profundamente dentro de su coño ahora cremoso y húmedo.

Susan, exhausta por su explosión, descansa sobre sus codos cuando siente que le arroja unos chorros más de semen dentro de ella.

Satisfecho, e intentando no caerse sobre ella, se retira lentamente de su coño y la agarra por la cintura tirando de ella hacia la cama con él.

Se miran a los ojos, ambos nublados por los poderosos orgasmos que acababan de atravesar sus cuerpos hace apenas unos segundos.

Una satisfacción de conocimiento mutuo persiste en la habitación mientras los dos se duermen en los brazos del otro.

# FIN

57

# VESTIDA PARA LA OCASIÓN
# ERIKA SANDERS

El silencio de la noche la rodeó, presionándola con su serenidad, intentando calmar su ansiedad.

Sin embargo, eso no podía calmarla.

Sentimientos desenfrenados a los que no estaba acostumbrada, y que nunca antes había experimentado, surgieron en su cuerpo, poniéndola nerviosa.

Sus tacones chasquearon suavemente a lo largo del camino pavimentado mientras miraba hacia el cielo.

¿Por qué va a ir allí esta noche?

¿Por qué se había vestido de esa manera?

Podía sentir el poder que su mirada tenía sobre ella.

Ella suspiró y permitió que su mente no siguiera pensando sobre los eventos que podrían pasar esta noche.

* * *

Se sentía como si cada mirada estuviera en ella mientras entraba al local.

Sus zapatos de tacón de aguja chasquearon contra el piso de madera dura mientras pasaba por la pista de baile y se acercaba al bar.

La falda de su atuendo rojo y negro se balanceaba de lado a lado con cada paso, la franja roja fluía contra su rodilla mientras que el negro descansaba unos centímetros por encima.

La blusa colgaba suelta de sus hombros, bajando por sus senos, rebotando lo suficiente como para llamar la atención con cada paso que daba y mostrando una generosa proporción de piel.

Y sin brassier.

Ella sabía cómo se veía con este atuendo.

Parecía una zorra.

Había terminado el look con una gargantilla de encaje negro alrededor del cuello y solo un toque de lápiz labial rojo.

Se sentó entre un hombre y una mujer, y le sonrió al camarero.

"Hola James"

"Samy. Qué bueno que es verte de nuevo". Él dejó que sus ojos se deslizaran sobre ella lentamente por su cara y senos. "Muy bueno, de hecho. ¿Y para quién es la ocasión?"

Ella negó con la cabeza y sonrió, haciendo que un mechón de rizo cayera sobre su oreja.

"No hay ocasión. Simplemente tenía ganas de vestirme así".

Él estiró el brazo por encima de la barra y colocó el rizo detrás de su oreja.

Sus dedos rozaron el costado de su mejilla y ella casi olvidó cómo respirar.

"Deberías vestirte así con más frecuencia".

"Quizás lo haga."

"Saldré de trabajar ahora en la noche alrededor de las once. ¿Te gustaría bailar después?"

Ella asintió lentamente, incapaz de apartar su mirada de la de él.

Con una precisión muy lenta, se inclinó sobre la barra y acercó sus labios a los de ella, profundizando el beso lo suficiente como para hacerla querer más antes de que él se alejara.

"Unos veinte minutos."

* * *

Esos veinte minutos nunca habían parecido más largos en la vida de Samy.

Ella observaba todo a su alrededor todo el tiempo consciente de cada movimiento que él hacía sin siquiera mirarle.

Era como si sus sentidos estuvieran sintonizados con su cuerpo, pero aun así ella saltó cuando él la tocó en la parte posterior del hombro.

Se había desabrochado el cuello de la camisa negra y le estaba sonriendo, tendiéndole la mano.

"Creo que me debes un baile".

Cuando ella colocó su mano en la de él, fue como si una pequeña descarga de electricidad atravesara su cuerpo.

Él sonrió cuando la llevó a un rincón de la pista de baile y luego la acercó a su cuerpo cuando la canción cambió.

Era lento y seductor, y el latido de él parecía coincidir con su corazón, mientras se apretaba contra él.

Y ya así de pronto ella fue muy consciente de los contornos duros que ondulaban contra su cuerpo blando.

Ella deslizó sus brazos alrededor de él, presionando sus suaves curvas traseras con sus manos mientras se balanceaban de un lado a otro.

Se inclinó y presionó sus labios contra los de ella, separándolos suavemente y seduciéndola con su lengua.

Su mano se deslizó más abajo sobre su espalda, descansando sobre su cadera, deslizándose lo suficientemente bajo como para acariciar una mejilla del culo mientras tiraba de su parte inferior del cuerpo contra la suya.

Ella jadeó al sentir lo fuerte que él realmente estaba presionando contra ella y podría haber jurado que lo escuchó gemir.

Pero justo cuando lo hizo, el otro camarero lo llamó y él suspiró, bajando la cabeza hacia atrás.

"Samy ... ya vuelvo. Juro que lo haré. No vayas a ningún lado".

Ella asintió algo tontamente mientras se alejaba de la pista de baile y entraba en un reservado aislado.

Vio que James regresaba al bar y se inclinaba sobre él nuevamente, hablando con Joseph.

Joseph era el barman sustituto de la noche.

Siempre se hacía cargo cuando James se retiraba.

Cuando vio a una rubia alta y de piernas largas unirse a ellos, se dio cuenta de algo.

Ella no era ese tipo de chica.

No tenía idea de lo que estaba haciendo.

James era el tipo de hombre que siempre tenía disponible a cualquier chica, cualquier chica alta, rubia y súper sexy.

Y ella era bajita, morena y latina.

Ella salió corriendo.

Tan rápido y silenciosamente como pudo.

Se dirigió hacia la puerta y cuando miró por encima del hombro vio a la rubia inclinarse cerca de James y deslizar sus dedos por su brazo.

Ella suspiró y sacudió la cabeza mientras continuaba su camino.

No sería bueno detenerse a pensar en ello.

Le empezaban a doler los pies por los tacones, así que se los quitó y se apartó del camino empedrado, dejando que sus pies la guiaran hasta la orilla del río que conocía tan bien.

Metió los pies en la orilla del río y simplemente miró el agua durante mucho tiempo.

"¿Qué estaba pensando?" Ella finalmente murmuró.

"Eso es lo que me gustaría saber".

Ella casi gritó cuando se dio la vuelta.

James estaba de pie detrás de ella, con los brazos cruzados con enojo y frunciendo el ceño.

Pero el ceño fruncido lentamente se fue reemplazando por una mirada de confusión y preocupación.

"Samy, estás llorando. ¿Qué te pasa?"

Ella apartó la vista de él y cruzó el río hacia la otra orilla con césped.

"No debería haberlo hecho. No debería haber venido al bar esta noche vestida así. No debería haber pensado que tenía una alguna oportunidad".

"Samy, ¿de qué demonios estás hablando?"

Él se acercó y dejó caer su mano sobre su hombro.

Ella estaba temblando, tenía frío.

Él se quitó apresuradamente el abrigo y se lo echó sobre los hombros, colocándose detrás de ella para frotarle los brazos.

"Te veías hermosa alá dentro. Creo que olvidé cómo tenía que respirar cuando entraste".

"He visto a las mujeres con las que usualmente estás. No soy como ellas, James. No soy elegante ni super sexy. No soy rubia, ni alta, ni de piernas largas, ni tengo un cuerpo perfecto como ellas. No tengo solución en contra de eso. Ni siquiera sabía lo que estaba haciendo ". Ella terminó en un susurro.

"¿En serio? Podrías haberme engañado allá dentro".

La giró hacia él y se inclinó hacia adelante, presionando sus labios contra su cuello.

Ella se estremeció.

"Tu cuerpo se sentía perfecto cuando me presionaste contra ti en esa pista de baile".

Levantó la mano y ahuecó su pecho, trazando el contorno de su pezón a través de su blusa.

La hizo temblar un poco.

"Seguro que éstos parecían saber qué querían hacer cuando nos estábamos besando y presionando juntos".

Se inclinó sobre ella y la obligó a tumbarse hasta que estuvo acostada en el suelo.

"Déjame mostrarte, Samy. Déjame demostrarte que eres más de lo que crees".

Sus labios se deslizaron contra los de ella antes de deslizarse por su cuello y sobre la delgada blusa que cubría sus senos.

Su aliento quedó atrapado en su garganta cuando los labios de él encontraron primero un pezón y luego el otro, chupándolos lentamente mientras ella se arqueaba en su toque.

Sus dedos encontraron hábilmente el dobladillo de su blusa y comenzaron a subirla lentamente, provocando a su piel cuando se reveló.

La levantó más allá de sus senos y la sostuvo justo por encima de ellos mientras besaba su seno derecho, saboreando su piel.

Ella gimió cuando James finalmente acercó sus labios a la cresta de su seno, tomando el pezón entre sus dientes y tirándolo suavemente antes de succionarlo.

Ella gimió aún más fuerte cuando su mano comenzó a amasar su otro seno, rodando su palma sobre su pezón repetidamente.

"¿Ves?" Él respiró contra su piel. "Eres la mujer perfecta".

Él comenzó a besarla en su camino hacia abajo, trazando círculos alrededor de su ombligo con su lengua.

James le sonrió mientras alcanzaba su falda y, en lugar de bajarla, la empujó hacia arriba.

La parte delantera se dobló hacia atrás y en el momento siguiente estaba colocando besos suaves y juguetones a lo largo de su montículo caliente por encima de las bragas.

Ella ya estaba húmeda.

Podía sentirlo a través de sus bragas mientras frotaba su nariz contra ella.

Ella tembló debajo de él y él le acarició suavemente con los dedos de arriba a abajo mientras usaba los dientes para deslizar las bragas hacia abajo.

La besó de nuevo, sin barrera ya entre sus labios y su coño.

Él comenzó a deslizar su lengua a lo largo de su hendidura y ella gimió, sus caderas arqueándose desenfrenadamente de modo que él presionó su lengua profundamente en ella, trazándola sobre su clítoris.

Samy gimió y se arqueó contra su lengua, el placer la recorrió mientras él rozaba sus dientes contra su clítoris y deslizaba un dedo dentro de ella.

"Mentí", respiró contra su clítoris. "No solo olvidé cómo respirar".

James succionó suavemente su clítoris, su dedo bombeando dentro y fuera de su tensión.

"Casi me vengo en los pantalones con solo de verte antes".

Los dedos de ella se agarraron a su cabello, y él sonrió contra su coñito mientras deslizaba un segundo dedo dentro de ella, pasando su lengua sobre su clítoris repetidamente hasta que su cuerpo temblaba bajo su boca.

Sus dedos la acariciaron, adentro y afuera, excitándola, persuadiendo a su cuerpo para que respondiera hasta que ella se balanceara contra su mano y lengua.

"James", su voz casi falló cuando se retorció en su mano. "¡Por favor no te detengas ahora!"

Salieron sus palabras en un suave tono de complicidad, pero rápidamente subió de volumen cuando ella gritó de placer.

Él estaba mordido suavemente su clítoris y ahora lo estaba chupando con fuerza, y sus dedos empujando con fuerza dentro de ella tomando su clímax.

Él ansiosamente lamió sus jugos y cuando el temblor de su cuerpo se desaceleró,

Cuando acabó, se movió por encima de ella.

Él sonrió y apoyó su frente contra la de ella, dejando que su cuerpo rozara el de ella mientras la miraba a los ojos.

"Te lo dije, eres tan mujer como ellas, si no más".

Sus ojos brillaron con algo que podría haber sido de duda mientras miraba a los ojos de James, pero luego dejó que sus dedos recorrieran su pecho y bajaran al bulto duro en sus pantalones.

"¿Es por eso por lo que lo tienes tan duro?

¿Porque soy una mujer así como ellas?"

Sus dedos rozaron arriba y abajo contra su polla, y él no pudo evitar el gemido que se deslizó más allá de sus labios.

Sin embargo, no tuvo oportunidad de responder ya que los labios de ella encontraron los suyos y cualquier pensamiento fue borrado de su mente.

Sus dedos se deslizaron hacia su pecho y hábilmente comenzó a desabotonar su camisa.

Rápidamente la sacó de sus pantalones y le empujó a un lado mientras tiraba de su camisa para quitársela completamente.

El botón de sus pantalones se abrió con un tirón y la cremallera se deslizó casi por sí sola.

Ella le bajó los pantalones y los boxers lo suficiente como para liberar su polla y envolvió su pequeña mano alrededor de ella, acariciándola lentamente para que él gimiera y se apretara ansiosamente contra su mano.

Él gimió de molestia y se puso de pie, quitándose los pantalones y los boxers en un solo movimiento y volviéndose hacia ella.

Ella ahora estaba de rodillas y le sonrió mientras una vez más envolvía su mano alrededor de él.

Él se inclinó sobre ella haciéndole unas caricias lentas, cerrando los ojos.

Al momento siguiente, sin embargo, los abrió cuando los labios de ella se envolvieron alrededor de su polla, moviéndolos lentamente hacia arriba y hacia abajo sobre su miembro duro.

Él puso ahora sus manos en la parte posterior de su cabeza y lentamente comenzó a empujarla dentro y fuera de su boca, gimiendo mientras ella lo chupaba con cada movimiento.

Los golpes suaves no tardaron mucho en volverse rápidos y cortos, Samy lo chupaba más fuerte cuanto más rápido él le movía la cabeza.

Su mano estaba acariciando sus bolas, haciéndolas rodar hacia adelante y hacia atrás mientras su boca se apretaba alrededor de él.

Cuando ella estaba jugando con su lengua en la cabeza de la polla, él explotó en su boca.

Ella tragó rápidamente cuando él le mandó su chorro, apretando la boca y la garganta contra su polla haciéndole correrse aún más fuerte y con más chorros, hasta que finalmente se agotó.

Deslizó la polla de su boca lentamente y dejó que su mirada cayera al suelo.

Cayó de rodillas delante de ella, colocando su mano contra su mejilla.

Estaban a solo paso de distancia cuando el dedo de James trazó el costado de su rostro, hundiendo su dedo debajo de su barbilla y levantó sus ojos hacia los de él.

"No hemos terminado aun".

Su voz fue tan baja que le dieron escalofríos por la espalda mientras lo miraba maravillada.

Se inclinó y presionó sus labios contra ella, profundizando rápidamente el beso.

Cuando su lengua se deslizó más allá de sus labios, una mano se deslizó detrás de ella, acercándola contra él para que fueran carne con carne.

Sus pezones presionaron contra su pecho gozosamente, y su nueva erección presionó con fuerza contra sus abdominales inferiores.

Ella se movió y frotó su cuerpo a lo largo de él lentamente, haciéndole gemir cuando su beso se volvió febril.

La recostó de nuevo y deslizó su falda por sus piernas.

Él la miró por un largo momento antes de moverse.

Él se inclinó sobre ella otra vez y le dio un ligero beso en el vientre, justo encima del ombligo.

Él sonrió contra su piel cálida y comenzó a besarse hacia arriba, a la inversa de sus acciones anteriores.

Sus labios apenas juguetearon contra sus senos antes de asentarse en su cuello y acariciar su latido.

Él palpitaba entre sus piernas, su miembro presionando contra su rajita húmeda mientras ella envolvía sus piernas alrededor de su cintura y él deslizaba sus brazos alrededor de ella.

En un rápido movimiento, James estaba sentado con ella en su regazo y, si esto fuera posible, presionando aún más su verga contra ella.

Ella se retorció un poco y él gimió.

La besó hasta llegar justo debajo de la oreja y tiró suavemente de su lóbulo.

"Dime, Samy, ¿lo quieres?"

Su aliento era caliente contra su piel y ella temblaba.

"¿Quieres mi polla grande y dura enterrada en tu interior?"

La respuesta de Samy sonó casi como un gemido mientras se frotaba contra él.

"Sí. Por favor, James, he querido esto desde ..." pero ella rápidamente se detuvo, un sonrojo aún en sus mejillas y miró hacia otro lado.

James no tenía idea de eso.

Forzó su mirada de nuevo a la suya y apoyó su erección contra ella.

"Termina lo que estabas diciendo".

Ella gimió y sus uñas se clavaron ligeramente en su piel.

"He querido esto desde que te conocí".

"Entonces dime qué tanto lo quieres".

No fue una demanda, más bien una petición mientras él deslizaba sus dedos por sus senos, amasando lentamente su carne.

Podía sentir su calor irradiando contra su polla, y estaba haciendo todo lo que podía para no simplemente arrojarla y tomarla.

Su respuesta lo sorprendió, y destrozó todo el autocontrol que había estado usando.

"No lo quiero. Lo necesito, James".

Sus ojos estaban fijos en los de él ahora, y él gimió suavemente contra su piel mientras ella se apretaba más.

"Lo necesito tanto, lo he soñado tanto tiempo. Por favor. Necesito que me folles".

No podía negarle eso más.

No pudo contenerse más después de eso.

La levantó hasta que la cabeza de su polla se presionó contra su abertura y luego rápidamente la dejó caer sobre ella.

Ambos gimieron.

Su coño estaba tan apretado alrededor de su polla que cuando él comenzó a moverla hacia arriba y hacia abajo sobre su miembro, y su longitud dura parecía aún más grande encerrada dentro de ella.

Ella gimió y usando sus piernas para apalancarse comenzó a saltar sobre su polla.

Sus pechos rebotaron libremente contra él y sus pezones lo llamaron cuando él se inclinó hacia adelante y comenzó a mamar.

Ella gimió y comenzó a saltar más rápido sobre su polla, impulsándose una y otra vez.

Sus labios estaban provocando a sus pezones, atrayéndolos y chupando, luego pasando su lengua sobre ellos y mordisqueando mientras se balanceaba con sus rebotes, gimiendo contra su piel, enviando vibraciones a través de sus mordiscos.

Su coño estaba tan mojado que la humedad le bajaba por la polla, y él gimió cuando ella intencionalmente apretó su raja a su alrededor, haciendo que él se resistiera más a ella.

Él los inclinó a ambos para que ella estuviera de espaldas nuevamente sobre la hierba y comenzó a golpear su polla con fuerza dentro y fuera de ella.

Samy gimió aún más fuerte, sus uñas rastrillando su espalda mientras otro fuerte empujón la hacía volver a su clímax.

El espasmo apretado alrededor de su polla rápidamente hizo que James se corriera también y él se estrelló aún más rápido contra ella, gruñendo cuando su semen caliente la llenó hasta que se derramó por sus muslos.

Cayó a un lado, jadeando.

Luego la atrajo hacia él, dejando besos suaves a un lado de su rostro.

"Ahora, ¿pasarán otros cinco años antes de que seas lo suficientemente valiente como para volver a hacer esto?"

Él sonrió y besó la comisura de sus labios.

"No jamás, James".

Samy sonrió y rozó sus labios contra los de él.

"Bien, porque no creo que pueda quitarte las manos de encima por más de un día o dos".

La risa de Samy resonó a través del lago, y James sonrió cuando se sentó y la besó profundamente.

Esto definitivamente podría ser el comienzo de algo muy interesante.

# FIN